詩集 るるる・充ちる・満ちる・見知る

～心の充実を求めて～

荻田厚子
Atsuko Ogita

文芸社

まえがき

るるる～
　リズム感のある生活を
　心にも歌声を
　そうすれば　明るい生活につながる
満ちる～
　乾いた心に潤いを持たせて　清涼飲料水のように
　心も豊かに
　生活感も豊かに
　お金で買えないものもある
充ちる～
　今までの経験を生かして、
　さらに充ちた気分になれるように
　これは　結構難しいかも
そして、

見知る～
新しい事や難しい事などにも
知的探求心を持ち続けたい

そう　百聞は一見にしかず
見て知っていきたい
今からでも
新しい体験を大いにして
知っていきたい
ここから私の生きる道へ

いつも心の奥底には、こんな入り混じった感情があります。そうするために、自分から体を動かして小さな計画を立てて、趣味や家事などに取り組んでいます。そんな時間の中で、夢中になって過ごしている時に、じんわりとした安心感がただよってくるのです。
自分のための時間が少しでもできた時には、鏡の中の自分に語りかけて、もう一人の私、違った個性を表している私に、目じりが下がって思わずにんまりしてしまうのです。

健《すこ》やかであれ、

この瞬間を楽しもう
だれかのために
自分自身のために
心の充実を求めて行こう

目次

詩集

るるる・充ちる・満ちる・見知る

〜心の充実を求めて〜

興味関心

爽快感《そうかいかん》アップ

自分自身の活性化のシグナルは、
体を動かすことなんだよ
ダンシング
スポーツをしていて
血のめぐりが体全体に流れると
いろいろなことが　考えられるようになる

だから、ダンスで汗を流している時、
この間のできごとの全く違ったことを思いつくこともあるし、
今のこの曲で、
英語の歌詞は
これはたぶんこんな意味なのかなあ、
なんと言っているんだろうと
考えながら踊ることもあるよ

ラララ　ルルル　タタッタタッタッタ
・・・・・　・・・・・

ウオーキングしながら計算
脳の活性化ですってね

自分から　あえて進んで
やっていかなくちゃね

顔からも汗が出て
目じりの脇からしたたり落ちる
ほほを伝わって落ちる汗
爽快感の満足度　八十パーセント
ジャンプして少しでも体が軽く感じると
さらに満足度五パーセントアップかな
今日の選曲は、
フィーリングが合うね

ラララ　ルルル　タタッタタッタッタ
・・・・・・　・・・・・・

自分をほめよう

久しぶりに　時間を忘れて
絵の具鉛筆で
りんどうの花を描いた

いいですねえ、この構図
真面目すぎるわねえ
細密だねえ
この色合い
すがすがしいねえ
秋を感じるねえ

一つ一つの花が
やっと口先がつぼんで
自分の出番がやって来たように

つんとすましている
高貴な青紫色の花
濃紺と青と紫とを
重ねたりずらしたりしながら
立体感を表すように
ていねいに細かく描く

水をにじませて筆でなぞった途端に
その重なりの色が
微妙にからみ合って
思いもかけない色を表現した

まあ、なんと、
現物の花の色よりも
さらに美しく可憐に
りんどうの花の存在を
大いに　大胆に浮かび上がらせる

おうっ、
こんな無我夢中の時間に
没頭できる幸せ

私にも
こんなことができるんだった

隣に横たわっていたワレモコウの花に
ひとりごとの中身まで
ぬすみ聞きされた気分で

うふっ、
こんな時間を作った
自分をほめよう
ささやかながらも
自分をほめよう
やればできる
やれるんだ

タブレット

この曲、ありますか
レコード店の店員に　メモを渡す

右手の人差し指で　すぐに検索
指先が上下にくるくる動いた
と、すぐに出てきた
「これですか」
「あった、そう　それです」
ものの一分で情報をキャッチ
店内に探しに行った

今まで一週間
欲しいなあ、あればいいなあ、あの店に行けばあるかも
見つかるかなあ

いろいろ悩んでいたのに

その心も
一瞬にして吹っ飛んだ

店の奥からお目当てのＣＤを持って来てくれた

便利ねえ、早く私もなれて覚えなくっちゃ、タブレット

はにかんだ笑顔がパアッと明るくすてきな美しい顔になった
早く帰ってこのＣＤでミュージカルの曲を聴きたい

いっしょに探してくれた店員さんの笑顔を思い浮かべながら
こちらも笑顔の相乗効果
情感も音楽的なリズムになる

庭

雑草取り

目標は、本日百本
庭の風通しの良い日陰を見つけて、鎌《かま》を動かす

カッカッカッ
涼しい風が首筋の汗を通っていって
ほんの少しの労働に
涼やかさと爽快感を呼び起こす

「草を取ってもいくらの賃金にもならないけど、これが今の私の仕事」
笑いながら語っていた亡き母の姿を思い出す

終わった後、
きれいになった場所を見て自己満足しかない
草取りをしている自分の姿を、

亡き母の姿と重ねて思い出している
懐かしさだけでなく心が満たされていくのは、
還暦を迎えて　年を重ねてきた人生の重みを分かち合いたいからか
今までと違う自分と、親の姿を思い起こしているからなのか
三十五年間、仕事人間だった私は、
こんなゆったりした時間も創《つく》れないでいた

母の人柄の良さと人間味の深さと、
多くの知恵と愛情を悟らせてくれた
そんな慈愛に浸《ひた》れるからか
ゆったり満足した時間の経過が、
五分　十分　三十分　一時間と経《た》っていた

今日はここまで　きれいにできましたよ
狭い我が家の庭を、
少しはきれいにできたことで、本日の目標は　達成せり
明日は　ツツジの木の下を取りましょうか

害虫出現せり

モンシロチョウの交尾に出くわした
アオムシの観察や学習の時には、
この姿はとてもほほえましく思えたのに

ブロッコリーとキャベツの苗を植えた我が家の狭い菜園では、
「ムムッ、害虫出現せり」
と　思ってしまったよ

この自分のエゴむき出しに
農家の人の思いと、
小学三年生の子供の目が、
同時に現れてしまった
大人の目と子供の目
どちらも共生共存

はにかんでいる自分

しかたない
野菜の生長を楽しみにするためには
不織布をかけて囲うしかないか

感動！　サボテンの花開く

あなた、
「雅卵丸《がらんまる》」って　ご存知ですか

白くて五ミリほどの
小さな小さなサボテンの花が
咲いているのです、十二個も
この「雅卵丸」が　名前だったのです

目立たずに　健気《けなげ》に
地道に　こつこつと

鉢植えで三年目かな
今まで存在すら分からずに
忘れられていたのに

この五月の陽気に誘われて
咲き始めたのです

名前も知らずに
サンルームで冬越しし
玄関の日当たりの良い所に移動して
他の鉢物と列をなして置いておいたところ
本当に　サボテンの花が咲いたのです

本屋の多肉性植物のコーナーで
名前を見つけました
「雅卵丸」って

こんな小さなサボテンの花にも
生命があるのかと
さらに　感動がわいてきたのです
ふつふつふつと

わき上がる
隠されたエネルギー
えくぼができるほど
口を　すまして微笑《ほほえ》むのです

サボテンの花

今を生きる
この瞬間に
この土地で
この場所で
この薫風《くんぷう》の中
さわやかな太陽の日差しを受けて

そう、目立たずに　気づかれずにいても
今を生きる
咲こう　咲こう　と懸命に
心髄《しんずい》の中からも
生命力が脈々として押し出しながら
そのエネルギーを噴き出して
咲こう　咲こう

小さな七ミリほどに咲いた
サボテンの花
次々と十二個も咲いた

我が家の玄関アプローチに来てから、
およそ三年経ったろうか

目がくぎづけ
君からも
ほわっと　ふつふつと
しっかりと　勇気をもらう

雅卵丸、サボテンの花

ウグイスとの会話

ホーホケキョ
ケキョ　ケキョ　ケキョ
（どう、だれか仲間がいないかい）

口笛で‥
「ホーッ　ホーケキョ」
（いい季節ね）
ケキョ　ケキョ　ケキョ

口笛で‥
「ホーッ　ホーケキョ　ホー　ホー」
ホーホケキョ
（どこかに　メスがいないかなあ）

我が家の梅の木に
ウグイスが止まって鳴いた
およそ三メートル離れた所から
大きな鳴き声がする
人間の私も　相づちを入れて
二階のベランダから
鳴き声を口笛で真似してみる

　口笛で…
「ホーッ　ホーケキョ」

………　………

ホーッ
（何だ、ニセモノかよ）

枝の間の葉から　ツイと姿を出して

急いで隣家の前を横切って
一目散《いちもくさん》に
道路を挟《はさ》んだ向こうの木へ飛んで行った

つかの間のお相手　ありがとうね

ミント水

避暑地　裏磐梯《うらばんだい》高原のホテルで
ウェルカムドリンクを
入口で配っていた
若いホテルマンから手渡されたのは、
コップに水滴がついていて　透明な水

一口　口に入れてみると、
ハッカのにおいが　さわやかに香った
スーッ

ミント水、ですよ

体中の汗が、ホテルの冷房の効果といっしょに
すうっとひいた

我が家の庭にも
ハーブの葉が三種類植えてある

帰宅してすぐに
葉っぱを五枚摘《つ》んで　葉をたたいてから
水差しに入れて冷やした

ゴクリ……
そうそう　この香り　この味
こんな感じになるんだった

避暑地の思い出と共に　また一つ知恵を授《さず》かった気分
ハーブの魅力を教えてもらった　得した日
さっそく家族にふるまった
いかがですか
さわやかさをどうぞ

ハツユキソウ

プランターの中で、
二センチほどの細長い葉に周りのふちを白く飾りながら、
二ミリほどの小さな小さな白い花が咲いた
とても魅力的

光合成を求めて、
葉は四方八方に広げ、
茎はみるみる六十センチほどにも伸びた

名前は…………
名前は何と言うのだっけ
図鑑で調べてみても　見当たらない
本屋の花の本でも　見てみる
確か、三年前にも見たことがあるが

…………分からない

翌日、
思い切って　花屋に入って
スマートフォンの写真に写っている
この花を見せた

ハツユキソウです
道端にも咲いていますよ

拍子抜け気分といっしょに、
知らなかったことが　分かった幸せ

目立たなそうだが、
しっかと目立っている白い花
小さくて健気《けなげ》さが
この花の芯の強さを
醸《かも》し出している

生命

孫の君が生まれた日

ママは　熱が三十九度もあって
感染症の疑いとお医者さんに言われたのよ
フーフー　意識が朦朧《もうろう》となって
おなかの赤ちゃんが　赤ちゃんが心配……

「緊急帝王切開手術」

パパは　涙を流してから
控え室でそわそわして　待っていたの

「赤ちゃんですよ」
の声に
廊下の隅で

ガラスの保育器の中のあなたと初対面

目ははれぼったく
鼻には酸素のチューブ
フガフガしたおぼつかない息をして
へそにはガーゼをテープでつけられていて
丸々とした赤ちゃん
お誕生　おめでとう

朝日がキラキラ輝いていて
待合室の食堂の窓ガラスが
とってもとっても　まぶしかったのよ

この瞬間から
生きているもの　すべて
あらゆるものが
さらに　とっても愛《いと》おしく感じたのよ

夢がどんどん　ふくらんでいく
前途有望
皆に愛されて
大きく大きくなあれ

赤ん坊がやって来た

いつもより朝焼けのオレンジ色が
美しく東の空を染めて
いつもより太陽の光がまぶしく感じ
いつもより空気がすがすがしく
酸素いっぱいに感じられたその日、

新米のママは、
おぎゃあと泣いた声に感動して　涙があふれ出し
新米のパパは、
自分の腕で早く抱っこしたかった
でも　あなたは点滴のチューブをして
ガラス保育器の中

パパはそわそわして、

その日の記念に
新聞を全紙買って来たの
金木犀《きんもくせい》が香り始めた　秋晴れの今日、
天も空も周りからも　祝福されて
生きとし生きるもの　全てのものに
万歳!
赤ちゃん誕生　万歳!

よおし!
勇気があふれ出してきて
もっともっと生き長らえたいと
皆　思ったのよ
この子の成長を　いっしょに見ていきたい

「しあわせねえ。」

赤ちゃん　誕生

赤ん坊の心音とおなかの張りのグラフのモニター画面を見て、
「四分間隔ですね、呼吸の仕方が上手ですよ」

う・う・う　　う・う・う

「そろそろ出産の準備を致しましょう」
笑顔を作って、沈着冷静な助産師の声

おぎゃあ！
おぎゃあ　おぎゃあ　おぎゃあ

「おめでとうございます！
元気な男の子ですよ」

その声に、新米ママは涙ぐみ　感動で胸がいっぱい

携帯電話で
生まれたことを報告すると、
新米パパは、
「良かった。ありがとう。」

病院のピンク色の壁が
パアッと明るく輝いて
暖色いっぱいになった

新しい命の誕生

この瞬間から
あらゆる植物も動物も
生命をもったものが、
さらに愛おしく感じられたのよ

初めてその日のうちに赤ちゃんを見て
夢がどんどんふくらんでいく
何て愛らしいのでしょう
何て可愛《かわい》いのでしょう
この子も前途有望
可能性をたくさん秘めている
皆に愛されて
大きく大きくなあれ

誕生　おめでとう

テレビ電話しようね

ハーイ
パソコンの画面に向かって
十ヶ月の男の子の孫と　会話する
ライブで動画が観られるテレビ電話だ

彼の目はニコニコし、
笑顔をふりまく
隣に指人形を動かしながら語りかけると、
さらに　口を大きく開けて、

ウゲッ
エヘエヘ
アーアー　アーアー

喃語《なんご》が出て　相手をしっかり見ようとする
と、
テーブルの下に　一瞬隠れたかと思うと、
つい　と　頭をもたげて顔を現す
二度三度してみる
　いないいないいないばあ
彼なりの表現を　覚えたのだ
可愛らしい
ハイハイしたり、おもちゃを両手でトントンしたりと
愛嬌《あいきょう》をふりまく

・・・・・・　・・・・・・
そろそろね、じゃあね　バイバイ

そのうちに、そちら側のテーブルの上のパソコンの周りを回って
ノートパソコンの裏側に行こうとする

どうやら、
今まで動画で話していた私を　探そうとしているらしい

探している
探している
テーブルの周りを一周したかと思うと、
ノートパソコンを上げたり下ろしたり
閉じたり開いたり
やはり私を　探している

まるで2Dの平面画面から
3Dの立体映像を創り出すかのように
十ヶ月の赤ん坊の頭の中をのぞかせてもらった嬉しさ

また　おはなし　しようね

カナダ・アメリカ旅行

日本語お上手ね

ナイアガラの滝を背に、冷房のよくきいたレストランに入った
ランチに、ツアー客の私たちには
大きくザクザクと切られたキャベツのサラダと
盛りだくさんのスパゲティ
担当のウエイトレスは、飲み物の注文のオーダーを聞いて、
添乗員に一つ一つ確かめている

時々、
「ワイン七ドルです
　ビール五ドルです」
片言の日本語を話す
観光客には、日本人も多い
デザートのチョコレートケーキも出された

You can speak Japanese very well！
と、目と目を合わせて話してみると、

ワーハッハッハッ
と、大きな声で笑った
そして
Try！
と、話した

それから、彼女は、
水を持ってくるたびに
笑顔でこちらに目を向けてくれた

Bye bye！
Have a nice trip！
Thank you！

また一つ、お土産《みやげ》話ができた

アーミー墓地

ワシントンD・Cは、
政治の都市
街に入った途端に　緊張感が走る

何しろ、その上空に民間飛行機やヘリコプターが入ろうが、
すぐに撃ち落とすというから

その中に、白く整然と美しく並んだ
アーミー墓地があった
兵隊の整列を　意味するという整然さ
横も縦も　区画がきちんと整備され、
周りの芝生《しばふ》もとてもきれいにされている
毎年五月の最終月曜日には、
戦没者追悼《ついとう》記念日として

一つ一つの墓に、アメリカの国旗が飾られるという
その仕事は、何と十万人のパートの人々がする
その人たちを雇うお金たるや……
　アメリカの国は
　そういう所には　お金を使うのですよ

ガイドの説明を聞いて、
思わず　近くを歩いていた短パンと半袖の旅行者に目が行った

一人一人の命と、
兵隊の姿と戦争が
交互に交互にオーバーラップして
何とも言えないほどの　寒気を感じた

ホワイトハウスの前

あそこには　咸臨丸《かんりんまる》に乗ってやって来た
勝海舟《かつかいしゅう》が　泊まったのですよ
もちろん　ホテルは直していますが

ええっ

その隣には、この間　日本の総理が泊まったそうです
ホワイトハウスの財務省の建物の地下とつながっていて、
アメリカの大統領とは、そこで会談したらしいです
その時は、
このワシントンD・Cのこの大通りは、
閉鎖されてしまうのです
観光客は　一切入れません
私達ガイドは、仕事になりません

皆様は　今日　このホワイトハウスの前で
自由に写真を撮ることができて
幸せですね

いつもは、鉄で作った歯をしている警察犬が
ごろごろしていて
カメラを向けようものなら、
ツアーのみんなのカメラも取り上げられるのです
ですから　ポリスにカメラを向けないでくださいね

…………
ふうーっ

深く深く深呼吸した途端、

それに、このホワイトハウスの前の黒い柵を
絶対に　乗り越えないでくださいね
今まで　七人が乗り越えて捕まってしまい、

今　裁判にかけられているのです
くれぐれも　その柵に近づかないで

おおっ
皆　後ずさりをする
ワシントンＤ・Ｃのこの場所は、
暑くて　息がつまってしまった

それに、この紫外線は、日本の十四倍もあるのですから

…………
ふうーっ
急ぎ足で　観光バスに向かった

カジノの街　ラスベガス

二十四時間眠らず、
夜の街の顔は、
尚いっそう賑わって、人々は元気なのですよ

空港からホテルに向かう大通りの両側には、
きらびやかで豪華なホテルの面々

ストリップ通りとは、
ホテルが連なっているという意味の他に、
カジノで身ぐるみはがされて
裸同然になってしまうという意味もあるという

ホテルのフロントから夕食会場のレストランまで
歩く視線の両隣には、

カジノの機器が盛りだくさん
まぶしい電光で、客を誘致している
およそ百メートルの中に機器は何千台もある

バスの中で、ガイドが話した
「私もクオーターの二十五セントで試したことがありますが、
ものの三秒でなくなりました
ラスベガスには、月に二万人の家族がやって来て、
一攫千金《いっかくせんきん》、大もうけしようと意気込んで来るのですが、
一ヶ月に四千五百人の人々が、
家をたたんで出て行くそうです」

フウウッ……

横も縦も大きすぎて、
百三十キロはありそうなファットな人が、
キャッ　キャッ　キャッ　と歓声を上げて
カジノの機械にかぶりついている

ジャイーン　ジャイーン　と鳴らせた数値に、
一喜一憂し、
つかの間の喜びのゲームに興じている

そっと仕組みをのぞき見するが、
どう見ても　当たる確率が低い

この遊んだ時間のドル札を見ていて、
思わず、
「働けよ！　体を動かせよ！」
ファットな人に、心が叫んでいた
途端に自分は、何一つやる気が出ない
カジノで遊ぶ気が失せた

ここは、
アメリカのカジノの街
ラスベガス

ジュニパー

ラスベガスから
およそ二時間も走っただろうか、
時速百キロを超えて、
まっすぐな高速道路をボルボのバスは突き進む

砂漠化して赤土だらけの
景色を見ているうちに、
朝六時に出発したおかげで
眠気が襲った

目が覚めた時は、
五十センチほどの玉のような木々が目立つ
ぽつんぽつんとある景色は、
人間が造り出した庭園とは違い

とても可愛らしくさえ見える

あの木は、何という木ですか

バスの中のガイドに突然尋ねる

ジュニパーですよ
ヒノキ科で西洋ネズミモチ
薄いブルーの実をつけます
独特なにおいがあり、
ジンの香り付けにもなります
ヘビは、そのにおいが嫌いなので
カウボーイはズボンにそのにおいをこすりつけて
はきました

薄いブルーの色から
インディゴのブルージーンズが
生まれたのです

一つの疑問から生まれた一つの興味

さらに三十分も走ると、
木々はやっと十メートルほどの高さになった
　あれでやっと樹齢二百年から三百年ですよ

時を経て生きてきたジュニパーの木々は、
インディアンの人々を見てきたのだろうなあ
勝手に空想がふくらんでしまう

パーフェクト！

ラスベガスからおよそ二時間、
朝の八時
アリゾナ州のガソリンスタンドに
バスは止まった

チョコとスナック菓子を買う
二ドル四十九セント
一ドル札二枚出す
後は、小銭入れにあった小銭全部を
手の平に　並べて見せた
How much in all？

黒人の店員に
ありったけの笑顔を振りまいてみせる

すると　彼は、
私の手のひらの小銭から
二十五セントとあと小さなセントを
一つ一つつぶやきながら
選んで取った

フフフッ　と私は笑った

Perfect !

O.K
Thank you !

彼をもって全く信頼した形
黄色人種の私と
黒人の彼との間には、何一つ隔《へだ》たりがない

ふっと安心し、

この時代に生きていて良かった
アメリカ旅行で得た
心地よい場面の一つだ

グランドキャニオン

小学四年生の時、
図書室にあった分厚い本を広げて見た

「グランドキャニオン」
茶褐色やエンジ色、うすいブルーに混ざった色合いの
数々の断層
そして、険しくでこぼこの岩肌と
驚くほどの谷間の深さ

とにかく
今まで見たこともなかった景色に
ショックと感動で、全身が震えた

世界には　こんな所もあるのだ

私は何にも知らない事だらけ
ようし、生きている間に
絶対にこの景色を見るんだ！
それから、図書室に行くたびに、
そっと広げて見るのが
私の秘密になり、
ほっとにんまりとして、
うっとりしている自分が好きだった

あれから何と、五十年経つ

谷底までの深さが千五百メートル、
そしてその谷底は、
二億年前の地層、
標高二千メートルのこの地表は、
二億年前の地表なんですよ

ガイドの説明を聞いた後、
今、
私は　この念願の
グランドキャニオンを目の前にしている

感極まって
「ワオーーーー！」
と叫び、
いくつもの構図で
写真を次々と撮った

日に焼けた外国人の観光客に混じって、
今、この地に　しっかりと立つ

この景色の中では、人間の体はちっぽけな大きさ
グランドキャニオンの長さは、
何と四百五十五キロメートルという果てしなさ

コロラド川の浸食と
地層の隆起作用によってつくり出された
地球の荘厳なる美しさ
ピンクと茶褐色の断層が
目に心に焼き付いて離れない

延々
ラスベガスから五時間かけてバスに乗ってきた私は、
十歳の少女にタイムスリップし、
感動の涙を流した

片道五百キロのバスの運転手

心の中は、早朝から、
今日はあこがれのグランドキャニオンだ
と、興奮さめやらない

ホテルを朝六時に出発
ボルボのすばらしい観光バスに乗る

一時間ずつの景色が変わる
ラスベガスのにぎやかな町並み
住宅地の庭のスプリンクラー
植物が見当たらない、赤土の砂漠地帯
そして、低木がちらほら見える
松林などの針葉樹林

片道三車線で、まっすぐな道が続く
ガイドの詳しい説明や、
ご当地の臨場感あふれる音楽を聴いて行く

ガーガー　ガーガー
アメリカ車の大きなトラックが
横並びに突っ走る
時速百キロは超えているだろう

運転手はおしゃべり好きで、
添乗員を笑わせている

昔はロックシンガー、
女の子にもてた
ツイッターには、若い娘からの人気
こんなリラックスした話が、
今の彼には　大いに必要

まっすぐで大きな道が続いているからだ
片道五百キロメートル

と、
窓の景色が変わって、
ごつごつした岩肌や険しい谷間が見えてきた

「この下が、コロラド川です」
もうそこは、キャニオン、キャニオン
谷の数々
そう、グランドキャニオン

午前十一時二十分、
グランドキャニオン国立公園に到着
心臓の鼓動が　激しくなった
さあ　写真を撮りまくるぞう

帰りにも五百キロの道のり

もう少しでラスベガスという所で、
アメリカの労働法のために、
運転手を交代するという
思わず近寄って
肩をトントンとたたいた

You are very tired.
I present a Japanese candy for you.
You are nice safety driver.

と言って、キャンディとビスケットを渡した

すると、
「アリガト」
といって、ハイタッチをしてくれた
ものすごいごつごつした大きな手
ものすごい労働だった

カリフォルニア州農業事情

仙台と緯度がほとんど同じという
サンフランシスコの空港に下りた
海風が心地良い

六月、
気温もこの時期、最高が二十五度で
朝夕は最低でも十三度位という

ラスベガスの四十度の熱風から比べると、
体にすうっとした風を感じる
翌日、
バスはさらに東へ向かい
約三百キロメートルのヨセミテ国立公園へ向かう

途中、カリフォルニア州の広大な農園を
右に左に見る
アーモンドの木々が、整然と並ぶ
牧草地の緑が　目に優しい
黒い牛の姿も見えた
スイカ畑には、スイカがごろごろ横たわっていた

とにかく広くて、トラックで作業する位のダイナミックさだ

一エーカーが　一千二百五十坪
それが一つの農園には、三百エーカー
百エーカーには、東京ドームが九個分入る
だから、三百エーカーでは、東京ドームが二十七個分

この土地では、カリフォルニア米も作るという
種まきは飛行機を使っての規模という
春から秋まで、毎日が青空というのだから、
農業が盛んなわけである

バナナとパイナップル以外は、
タマネギ、トマト、ニンニク、トウモロコシ、リネン（亜麻）、
牧草、果物等、多くの種類を作る

とにかくすごい、カリフォルニア州農業だ

お土産売り場では、ドライフルーツがいっぱい
そして、アーモンドやナッツ類

店の外には、日本の梅の実を楕円形《だえんけい》にしたような
アーモンドの実がたくさんなっている木

キラキラ輝く太陽の下
多くの観光客を　迎え入れてくれた

ケーブルカーの運転手

サンフランシスコの街には
色とりどりのビルや
美しい家々が
隣と接して　ひしめき合って建っている
海を見下ろす様に、
段々や坂道が多い

その中を、
勇壮に威厳を持って
ケーブルカーの路面電車が
道路の中央を走っていた

観光バスの運転手は、
急いで降りて

今からツアー客が乗るからと、
その電車の運転手に待つようにと
手配してくれた

二十二名の私たちが乗るのを待って、
車掌《しゃしょう》と合図をして
「チーン」とベルを鳴らして走り始めた

坂道の急降下のたびに、
一メートルもある大きな握り棒のようなギアを、
交互に交互に切り換えて、
走っては止まり、止まってはゆっくりと走る
ギ・ギ・ギーッ　ギコギコギコ
ギ・ギ・ギーッ　ギコギコギコ

彼は　吹きさらしの海風に当たるためか
うす茶色の厚いダウンコートを着ている
停車場のたびに

家族連れや犬まで連れた客に、
笑顔の挨拶を欠かさない

余裕と誇りを身体いっぱいに表す
相当のキャリアだろう
顔には多くのしわが刻まれていた
肌の色は　黒い

降りる時、
You are nice safety driver！
と言うと、
にこっと笑顔になり、
握手とハイタッチをしてくれた
グローブのような、たくましい手だった

どこまでも笑顔は通じる
サンフランシスコの海風が、
さらに清々しく心地良かった

生きがいトーク

六十歳過ぎると、
話題はね、
一　病気のこと
二　年金のこと
三　孫のこと
四　温泉、旅行のこと
そして、
五　生きがいのこと

今回、皆様は金満家でとても裕福で
笑顔いっぱいで
アメリカ旅行のツアーに参加している
だから、
一から四はパスして、

五番目の「生きがい」について
お互いに一人ずつお話をしましょう
やはり、生きがいを見つけるには
好きなこと、
夢中になれることを
探すことです

語った途端、
一人ずつが、お互いの顔を見て、
話し始めた
話の輪で、
心地よい雑音となった
次々と話題がふくらむ

フルートをまた習い始めたのよね
私は、帰ったらじゃがいもの収穫
おいしいのよね
自分で作った野菜だから

若い人達に、教えたいことがたくさんあるの
二十一名の集団の火付け役となり、
夕食後のすてきな時空間が保たれた
明日がツアーの最終日、
心許せる仲間が増えた
コミュニケーション、万歳！

あとがき

「進化邁進《まいしん》中」

「ポジティブフィーリング」

これは今年の私のテーマです。そして詩を書く上で、感動したこと、心に残ったこと、だれかに伝えてみたくなったこと、昨日よりも一つでも前進できたこと、心躍ること、自分自身に言いたいこと等を記してみました。

文字を書くということは、頭の中で自分自身の心の整理でもあるわけです。つぶやきながらも、前後の脈絡を構築している自分がいます。情報社会の中では、テレビやスマートフォン等の映像は、その時その時を映してくれますが、一瞬のうちに流れていきます。

はて、あの場面、この時の様子、そして感情はどうだったか、と思った時に、心の有り様を散文詩のように表している自分がいました。

ふり返って読み直してみると、その心情があぶり出しのようにじわっと浮かび上がってくるのです。その快感は、書いた本人がいちばんに分かるものなのです。

読者に、共感できる幸せを味わってもらいたくて、詩に表したのです。

一つでも前向きに、ポジティブにできたら、うれしいものなのです。

平成二十九年一月　荻田　厚子

著者プロフィール

荻田 厚子（おぎた あつこ）

岩手県大船渡市出身
宮城県仙台市在住

〈著書〉
『詩集 ニリンソウ』（2006年、日本文学館）
『詩集 充電する』（2007年、文芸社ビジュアルアート）
『詩集 夢のひととき』（2008年、文芸社ビジュアルアート）
『詩集 不思議な力』（2010年、文芸社ビジュアルアート）
『詩集 私もオンリーワン』（2012年、文芸社）

詩集 るるる・充ちる・満ちる・見知る
～心の充実を求めて～

2017年3月15日　初版第1刷発行

著　者　荻田 厚子
発行者　瓜谷 綱延
発行所　株式会社文芸社
〒160-0022 東京都新宿区新宿1－10－1
電話 03-5369-3060（代表）
03-5369-2299（販売）

印刷所　株式会社フクイン

ISBN978-4-286-18180-6